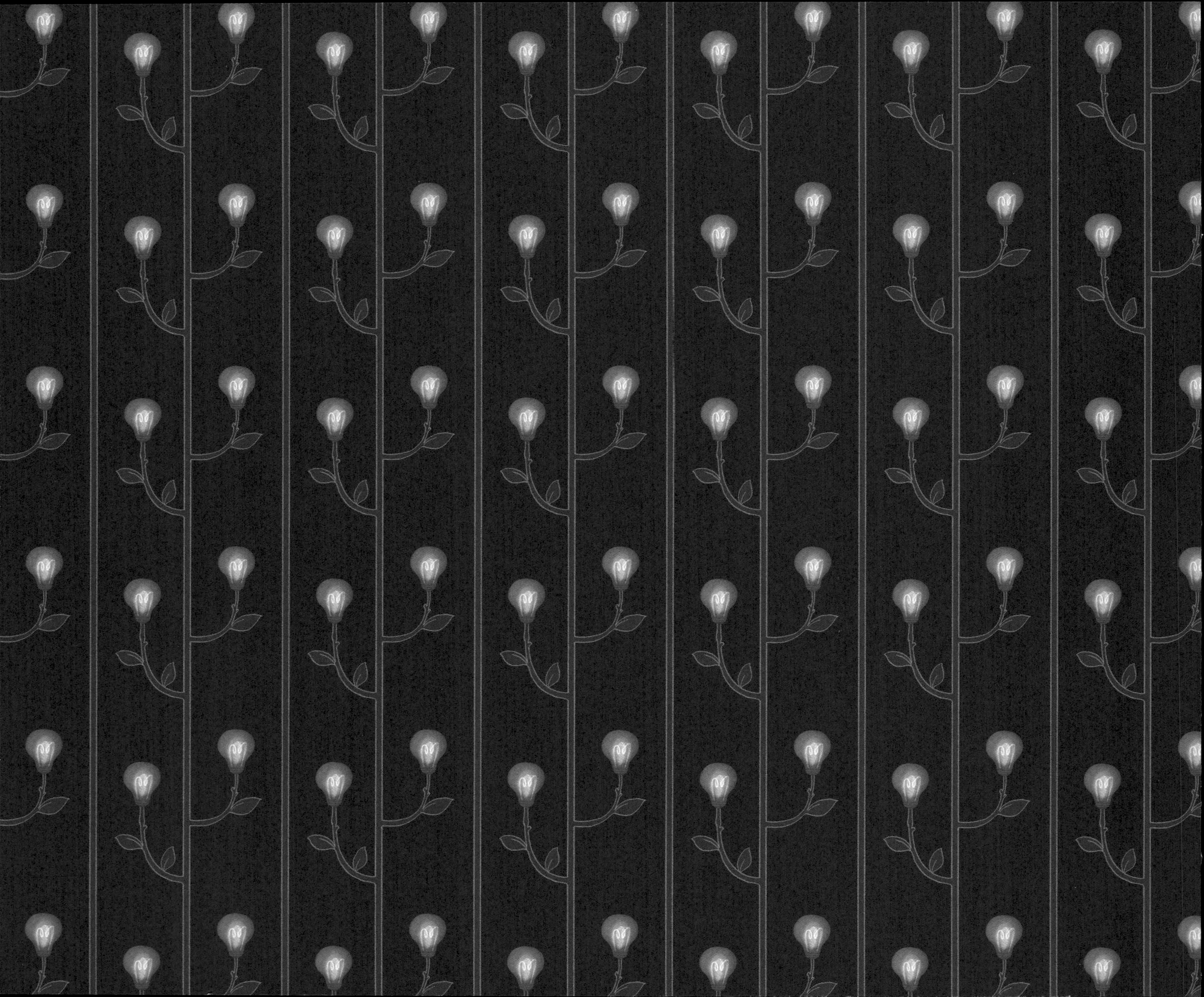

Zhinü

Pog & Stéphanie Léon

Zhinü

Little Urban

Le coucher est pour moi le pire moment de la journée.

Heureusement, Zhinü me protège.

Zhinü, c'est une petite veilleuse qui brille au milieu de la nuit immense.

Elle danse et crée des reflets chatoyants
qui illuminent l'obscurité d'étincelles rieuses.

Il y a Puck également.
Ma peluche, mon chevalier servant,
mon héros cousu de clochettes, de fil d'or et d'argent.
Chaque nuit, à ses côtés, je me transforme en petite fée
pour combattre les créatures tapies sous mon lit.
On en a connu des aventures et des bagarres !

Chargez ! À la pointe de son épée, et du haut de sa licorne, Puck fait fuir les diablotins.

Mais il ne faut pas crier victoire, car ils reviendront.
Ils reviennent toujours.

Ces petites batailles ne nous amusent plus.
Ce soir, nous décidons de frapper plus fort.
Adieu monstres et croque-mitaines !

Nous allons rallumer le soleil.

En parfaite maîtresse de cérémonie, Zhinü allume les chandeliers et accroche des feux de Bengale au plafond de ma chambre, qui se transforme pour l'occasion en salle de bal.

Dans l'ombre, les monstres retiennent leur souffle.
Le rire de Puck est contagieux. Tout comme lui, il est lumineux, éclatant.

Attention ! Leur reine est là !

C’est elle, la chimère, le monstre de mes cauchemars !

Elle semble me poser une devinette avec son sourire narquois.
« Tu commences à comprendre que la nuit
est une grosse bête qui s'apprivoise ? »

Pour me rassurer, je prends la main de Puck tandis que la chimère réalise des acrobaties aériennes. Les monstres saluent ce numéro de haute voltige.

Ma chambre me semble beaucoup plus grande, immense même.
Je ne la reconnais plus, je suis perdue.

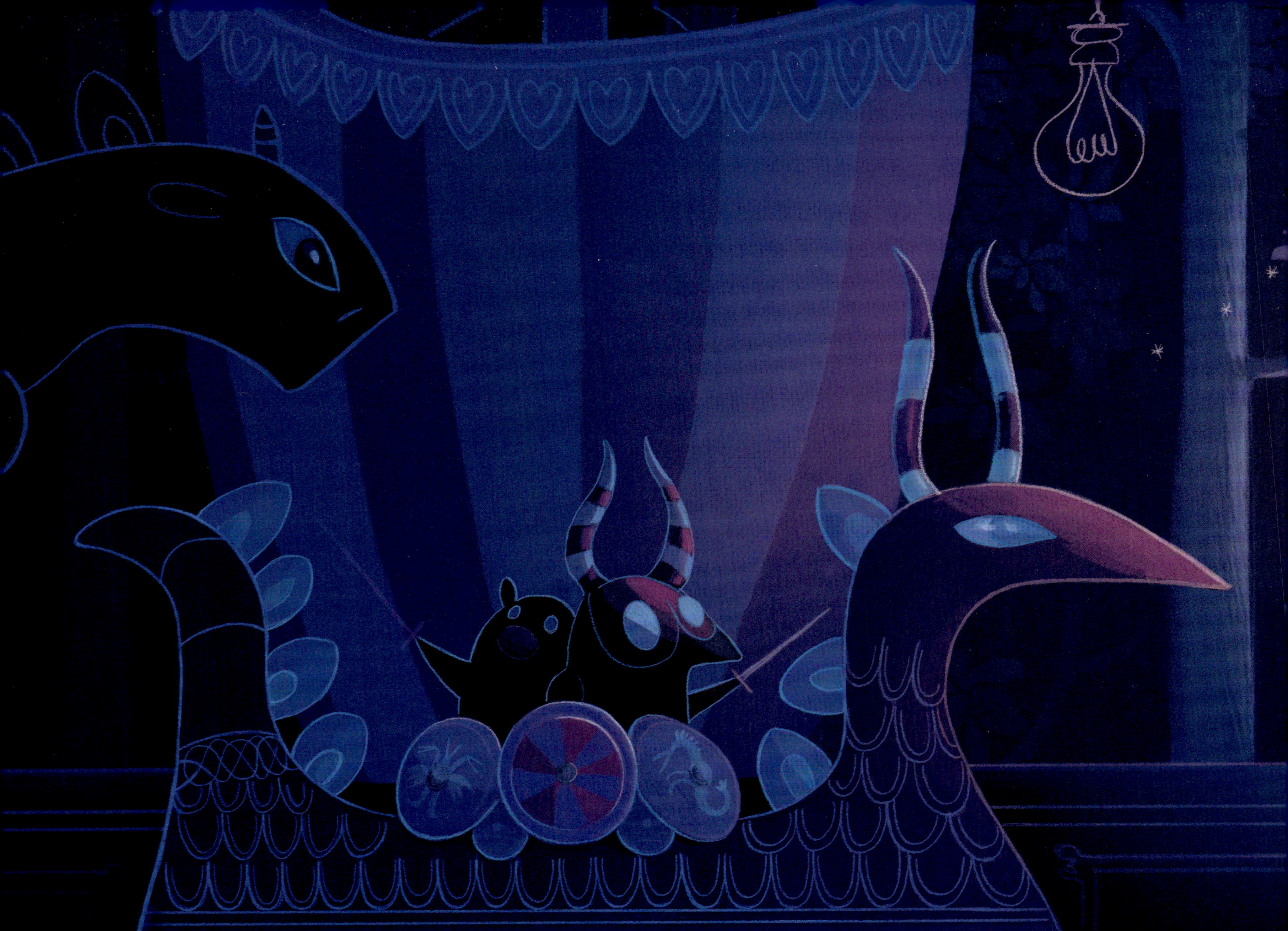

Mais je n'écoute pas ma peur. Je me lève, guidée par Zhinü.
L'interrupteur du soleil est là. À portée de main.

Je me sens comme le roi Arthur sur le point de s’emparer d’Excalibur.
La pièce est plongée dans un silence souverain.

Clic.

L'ampoule blanche m'aveugle un instant. Puis je m'y habitue et je constate à quel point ma chambre est petite.

Je distingue alors le corps de Puck, sans vie.
Zhinü s'éteint. Sa faible lumière ne peut
rivaliser avec celle du plafonnier.

Je comprends à cet instant que la lumière est bien plus belle
quand elle se mêle à l'ombre, que la nuit a besoin de coins sombres
et de jardins secrets pour cultiver les rêves et l'imagination.

Clic.

La magie opère. Sous les acclamations du petit peuple de la nuit, Puck s'anime et reprend vie. Dans le lointain, Zhinü étincelle de nouveau et me guide jusqu'au lit.

Sa douce lueur projette des ombres étranges au plafond. Je m'enroule dans la couette et me blottis contre Puck, qui ronfle déjà. Il se fait tard.

Mes yeux se ferment tout seuls… Zhinü veille sur nous.

Merci à Stéphanie d'illuminer ma messagerie par ses belles images.
Merci à Audrey et à la *dream team* Little Urban, nous avons vu de la lumière, nous sommes entrés, et on a été très bien accueillis !
Merci à François L.B. de nous avoir indiqué cette bonne adresse.

Pog

Merci à toute l'équipe de Little Urban pour son soutien et son magnifique travail.
Merci Olivier pour ce beau texte et enfin merci Luc pour les tartines et les litres de café.

Stéphanie Léon

www.little-urban.fr

ZHINÜ
Par Pog et Stéphanie Léon

Dépôt légal : novembre 2020
Loi n° 49-956 du 16 juillet 1949
sur les publications destinées à la jeunesse.
I.S.B.N. : 978-2-3740-8392-6

Première édition
Création graphique : Camille Aubry

Little Urban
57 rue Gaston Tessier
CS 50061
75166 Paris cedex 19

Achevé d'imprimer en novembre 2020 en Belgique
sur les presses de GRAPHIUS, Eekhoutdriesstraat 67, 9041 Gent.

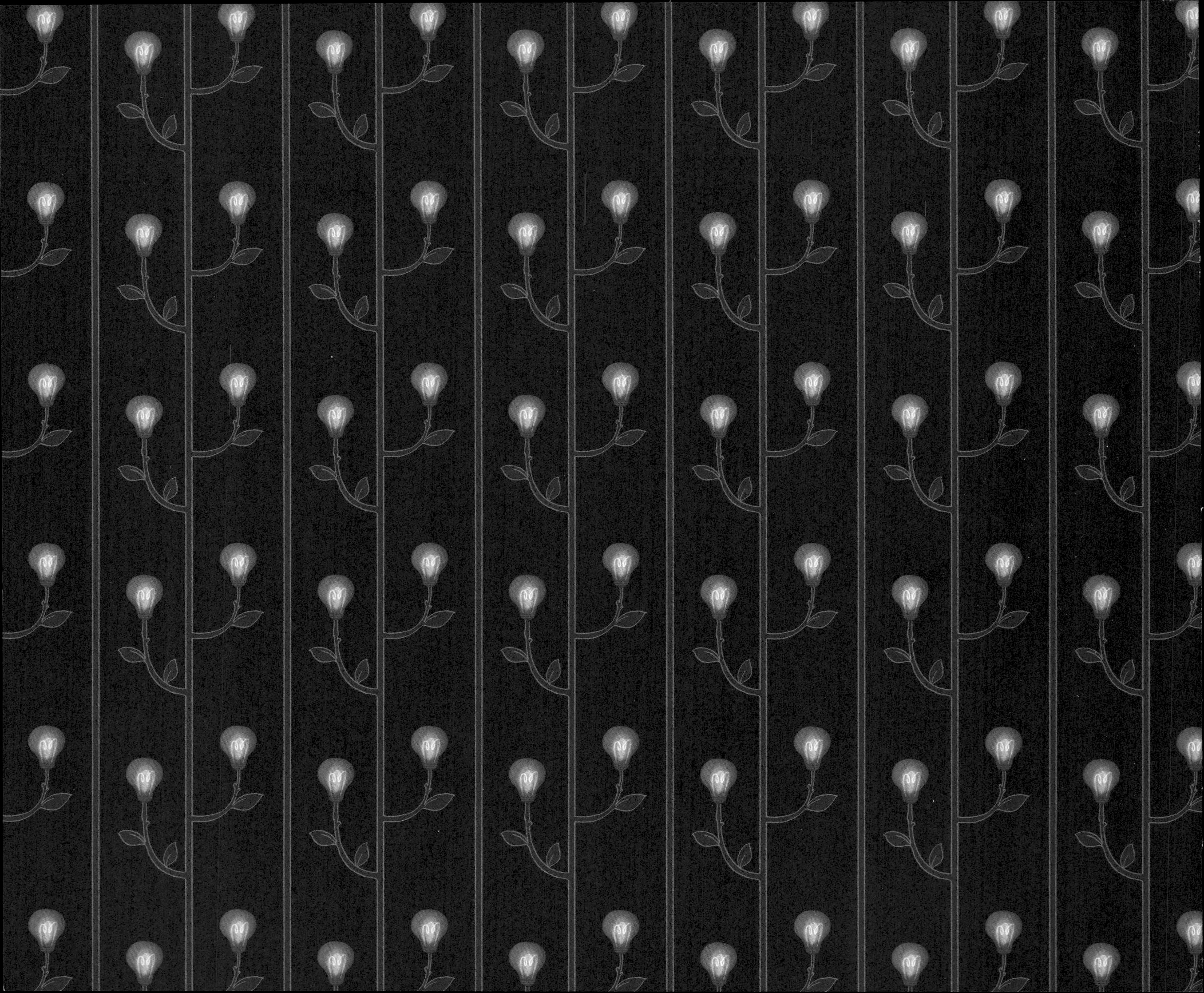